KB107915

천국

천국

발행일 2019년 7월 26일

지은이 진난희
펴낸이 손형국
펴낸곳 (주)북랩
편집인 선일영 편집 오경진, 강대건, 최예은, 최승헌, 김경무
디자인 이현수, 김민하, 한수희, 김윤주, 허지혜 제작 박기성, 황동현, 구성우, 장홍석
마케팅 김회란, 박진관, 조하라, 장은별
출판등록 2004. 12. 1(제2012-000051호)
주소 서울시 금천구 가산디지털 1로 168, 우림라이온스밸리 B동 B113, 114호
홈페이지 www.book.co.kr
전화번호 (02)2026-5777 팩스 (02)2026-5747

ISBN 979-11-6299-807-6 03810 (종이책) 979-11-6299-808-3 05810 (전자책)

이 도서의 국립중앙도서관 출판예정도서목록(CIP)은 서지정보유통지원시스템 홈페이지(http://seoji.nl.go.kr)와 국가자료공동목록시스템(http://www.nl.go.kr/kolisnet)에서 이용하실 수 있습니다.
(CIP제어번호: CIP2019028670)

천국

진난희 시집

북랩 book Lab

시집을 열며

손가락 사이에 피리를 물고

황홀한 곡절을 지으며

낯선 땅에서 살고 싶다.

나를 누구도 못 알아보고

나는 아무것도 모른다.

그래서 이 노래들의

서두를 따지지 않는다.

그것으로 속수무책 쳐들어와 내 허락 없이 집을 짓는,

혼신을 다해 버티고 선 망상을 부수는 데 지표로 삼아도 그만이다.

목차

카페에서

아침에 잠에서 깨면
제일 먼저 커피 물을 올려놓고
창문이 가장 큰 창가에 다가서서
커튼을 양쪽으로 갈라서 열어 두고
커피를 한 잔 만든다.

밤새 빈속으로 꾸르륵대던 몸속에서는
커피 향만으로도 충분히 흥분했다.
입속에서 맴을 돌던
약간은 쓰고 조금 떫은 단맛이
목구멍을 타고 들어간다.
겨우 한 모금에 고마워 찔끔 눈물을 훔치는
속없는 사람이 되어 있었다.
이 아침 이리 행복해도 괜찮은가?

깨끗하게 빤 빨래를 널고 와서

식은 커피를 마신다.

오늘도 해님은 밝고 명랑하다.

내 수줍은 빨래를 말리는 데 힘찬 에너지다.

저녁해가 내리면 햇빛은 기가 죽는다.

저녁놀이 서산마루에

붉은 머리칼을 풀고 나부끼면

빠싹빠싹 온종일 팝콘처럼

팡 터진 바람에 날리던 열매들을 딴다.

포근하고 까슬하게 잘 마른

내 아이의 원피스에 코를 박고 매달려

쓸데없이 눈물을 쥐어 짜낸다.

커피가 또 필요했다.

오늘 이리 행복해도 되는가?

이내 어둠을 흩뿌리는 달님에게 들켰다.

저녁상을 물리고 8시 뉴스를 들었다.

내가 살지 않는 저쪽의 어느 도시에서도

별의별 이야기들이 무자비로 쏟아져 세상을 다진다.

거품 풍성히 올려 미루었던 설거지 더미를

쓸쓸하게 비비며 퐁퐁 한 방울 더 짠다.

커피 한 잔이 간절했다.

이 밤 나는 행복해서 풍선을 분다.

눈동자를 피해 눈물 한 방울씩 모으며

정말 이리 행복해도 되는지

죽었다는 신을 깨워 불러 본다.

* 커피를 마시며 하루 온종일 미룬 생각을 했다.

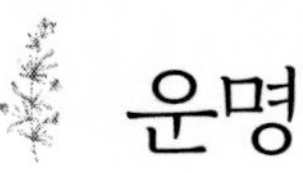

운명

물을 많이 마셔 봐야

눈물밖에 더 날까.

이 겨울 가진 거라곤

눈물과 비쩍 마른

빈 가지가 내겐 전부다.

나무 꼭대기에는

단 한 방울의 나뭇잎조차 붙어 있지 않아

그저 푸른 소나무 옆에서

푸르게 새파란 척 뽐을 낼 뿐이다.

그래도 먼 길 돌아 달려오는 봄을 위하여

그들의 청춘의 피고 질

계절들을 위하여 오늘도 건배.

마른 눈물 삼키지 말고

날마다 멋진 신록이기를.

* 겨울이라 손이 자주 튼다.

어느 늙은 수녀로부터

그날 떠날 것을 미리 알고서
남은 자들의 슬픔을 염려해
시답잖은 잔소리들을 열거하던
물이 고여 흔들리던
그의 눈동자를 떠올린다.

눈물이 굴러떨어지지 못하게
두 눈 부릅뜨며
쾌활하던 광대뼈를 떠올려 본다.

그가 걸어와서 희미하게 건네고 간
말들의 조각을
도무지 줍지를 못하겠다.
나는 그러한 것이
한없이 서운한 것이다.

언젠가

그가 돌아와서 앉은 날

훽 펼쳐서 잘 간직했노라고

잘난 체 너스레를 떨지 못하는 것이

못내 속상할 뿐이다.

* 어느 검소한 수녀님이 돌아가셨다.

막노동

음악을 틀어 놓고 명상에 들었다.

그걸로도 부족해

오늘도

내 마음을 순례에 들게 하는.

한낮의 무거운 짐

어깨에 부리던

택배기사가 길 위에서

등을 보이고 걸어가고

헌 신문지 한 조각씩 주워

노끈으로 모아서 묶으며

리어카에 쌓던 늙은 남자가

길 위에 던져둔 구멍 난 헐은 인생.

시금치 단을 다듬으며 곁눈질로

내 뒤통수를 힐끗 훔치던

노파의 찢어진 눈길이

순례의 길 위에 함께한다.

그녀의 무거운 짐은

애초부터 내 등 위에 부릴 생각이었다.

하지만 보는 눈들이 너무 많아

날마다 그럴 수 없을 것 같아서

나는 시작조차 아니 한 것이다.

길게 해가 눕는다.

* 겨울은 춥다.

삶

깊은 잠바 속주머니에서 꺼낸
더 이상 맑지 못할 청승의 쓴 물방울을
속수무책 목구멍으로 털어 부으며
손가락이 시려 달그락대는 입속에 물고
온몸을 축제에 들게 하듯
달달 대며 요동을 치는.

이 슬픈 계절에
때 묻은 청바지에 콧물을 비벼 닦으며
늦은 밤까지 푹신한 박스때기를
찾아 헤매고 돌아다닌다.

마지막 남은 담배 한 개비로
폐부를 찔러 오늘 밤을 마취한다.
튼 손등에 나는 핸드크림을 바르며

그를 바라본다.

쑤시고 파고드는 갈라진 손

그 손톱 밑이 쩍쩍 갈라지고 터져

연고를 바르면 그 패인 골에

약이 메워진다는 것을 누가 알까?

아무리 발라도 연고가 먼저 바닥을 보이는

이 난장의 계절 앞에

이 밤은 염장을 지르고 달아난다.

* 노숙.

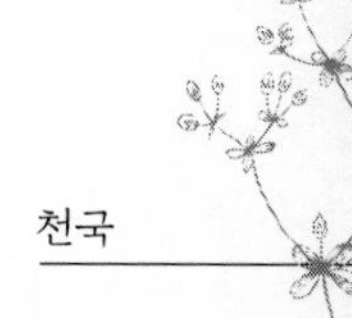

엘리베이터

아주 처량하고 매우 쓸쓸하게

깃을 세우고 누워 있는

음표들을 깨운다.

늙지도 않고 푸르게 걸려 있는

하늘을 숭배하며

대문은 왕실왕실

뽀얗게 살이 올라

해골을 뚫고 기어 나오는

알들을 낳는다.

열어젖히는 가슴마다

단추를 풀고

몽글한 배앓이를 해대는.

딱히 할 일도 없고

갈 곳도 없는 사람들이

하루 종일을 할퀴고 문질러도

엄살 없이 서서

내 서러운 속을 단속하며

늦은 밤까지

졸음운전을 해대는.

* 늦은 밤 엘리베이터를 타고 집으로 올라가며.

탱자나무

아름다운 까마귀 떼

한 무리가 지난다.

이름 모를 새 떼들도

멋진 춤을 추며 날아간다.

도시에 사는 새들은

무게가 제법 나갈 것이다.

계절이 돈다지만

새들은 자연을 버린 지 언제일까?

물고기 새끼를 입안 가득 물고는

신작로에서 비장한 악취를 풍기며

스스로 체취를 입힌다.

땟국물 좔좔 흘리며

그래도 오늘 강가에서

고아한 모습이고자 매무새를 만지는

탈색된 깃털의 우둔함.

모르지 않기에 탱자나무 숲에

바람이 들락거릴 때

무르익은 탱자 한 입씩 베 물고

씨 뱉어 가며

허둥지둥 다시 비상해 볼 궁리를 해대는.

* 철새가 언제쯤 후루룩 옛날처럼 하늘을 휩쓸고 날아올까?

사계절

무어라고 하든 간에 겨울이다.

담장을 타고 오르는

담쟁이 넝쿨도 마르고

선량하게 버려진 것들도

웅어리진 이 땅.

햇살이 그림자를 만들며

창가에 드러눕는다.

계절이 돌아 돌아온다지만

때로는 어딘가 한 차례 빼 먹어 버리고

들어서는 사계.

기승을 부리던 여름인가 해서 내다보면

봄이 달아나고 있고

가을이 쫓아서 오곤 한다.

들러리로 온갖 세상의 수를 다 꽂고

머리를 묶어 틀어 올리고

무슨 연유에선지 이 겨울을 안고 비틀다

딱하게 아무 소용없이 처박히는.

측량조차 할 수 없는 궁핍의 희열.

까치 떼가 땅을 파 엎는다.

바람이 땅에 앉는다.

* 엘니뇨와 라니냐로 사계를 챙긴다는 건 욕심이 되었다.

흰머리

회초리 꺾어 옛 스승께

한 말씀 들으러 올라갔는데

세상살이란 것이

더 이상

잃을 것도 없다는 것을

알게 될 때가 있을지어니 하시니

제자는 할 말이 없어지네.

생활이란 것이

가난한 골목을 돌아 나오는

복잡한 미로 같아도

이내 잡은 연줄 끊어내듯

별것 아니라는 것을 알게 될 터이니

너도 그리 알고

살라 하신다.

어이없다.

당신만 살 비법을 챙길 속셈이신지.

더구나

이 타락한 세상에서

내가 구할 조언이란 것이

어찌.

스승은 아까부터

자꾸만 곰방대만

털며 때리고 계신다.

* 사는 게 힘겨워 어른께 잔소리 듣고 싶어질 때가 있다.

아침

아침 해 나고

아니

오늘을 시작하는 새벽부터

전철이 몇 대나 오가고 있었을까?

역에는 일찍 발길을 들여놓는

사람들로 새벽이 분주하다.

회색빛 노을이 있어

이 아침을 비추었다면

해가 나기 전 고독히 몸을 푼

무채색의 도시에

쏟아져 내렸을 텐데.

그저

아침을 향해 달릴 줄만 아는

여명의 시작은

지금도 길 끝에서 엷은 불빛을 켜두고

한 발씩 걸어가며

불안한 땅을 짚는다.

허기 진 배를 감싼 사람들은

빛나는 햇살이 나오자

하늘 아래 줄을 서고 있고

나는 낮달을 배웅하고 왔다.

* 아주 오래전부터 밝아온 아침.

약

하루를 버틸

한 줌의 알갱이들이

가슴을 타고 내린다.

필시

그곳 어디쯤에서

모두 모여 만찬을 벌이다가 헤어져

제 갈 길로 들어

내 찔린 속을 고치리라.

입속 혀 밑에 한 알 숨겨 놓았던

불안한 미래가 녹아내려

온통 머리통이 다 쓰다.

터무니없이 말끔히 나을 거란

설레는 생각에

발톱 끝까지 아파서는 안 된다고

손톱깎이를 빌렸다.

희망찬 내가 소유한

한 알 딴 청포도 맛 사탕을 물고는

딱

탁

딱

탁.

* 가끔 약 먹기 싫을 때가 있다.

편지

붓끝에서 떠맡은 일 없던

말들이 쏟아진다.

나의 언어는

때로는 가혹해서 따갑고

어떤 날에는 고요해서

내가 관조하는 날이 있다.

말들이 무르익으면 엄중함이 묻어난다.

빛바래진 의미로 잠든

휘날리는 조각조각들

한 토막씩 떼어다 시를 써 붙이니

싹이 움트고 신록이 우거지고

가을 낙엽이 물들어

밟는 소리가 똑똑하고

겨울에 탈색된 풍경들이 모이는구나.

손가락으로 툭툭 건드려 쳐보면

그 작은 말 잎들은

너무나 고혹하다.

고치고 고치고 하여

아름답게 혹은 두렵게

그러나 아직은 다독여야 할 예술.

무사히 황금을 닦듯

청초로이 선을 잡으며

사과 알 몇 개 그려 넣고

집을 마무리한다.

* 편지를 쓰고 앉아 있으면 별의별 안부를 다 묻게 된다.

바닷가 마지막 집

바닷가 내려가는 곳에

개가 한 마리 살고 있었다.

새벽에는 기상 나팔소리에

더러 놀라 깨서는

그도 함께 컹컹대며

큰 울음을 운다고 했다.

그가 내게 한 말이었다.

개가 만지고 싶어서

큰맘 먹고 한 발씩 다가갔다.

처음에 개는 무척이나 짖어 댔다.

용맹했다.

마지막 걸음에서 마음을 놓고

꼬리를 흔들었다.

나도 꼬리를 내렸다.

그의 눈은 저 멀리 바다 한가운데에

어망을 던져 놓고 있었다.

그날 나도 여명이 트기 전부터

어망을 맥없이 던져 놓았었다.

그가 어망을 끌어당겨 물 밖으로 꺼낸다.

잡힌 것이라곤 내 어망이었다.

잡아먹힌 나는

군데군데 찢어진 어망을 다시 엮으며

개에게서 도망칠 생각을 안 했다.

어망 속은 행복했고

바다는 푸르렀고

개와 나는

먼 산이 빠져있는 섬을 응시했다.

개도 나도 말을 할 줄 몰랐다.

* 여수 밤바다를 찾아가는 길에 진돗개를 만났다.

목욕탕

삐득삐득 마른

몸을 씻겨주면서 내가 그랬다.

너무 마음 아파하지 말라고.

"네에…."

기어들어 가는 대답을 보내줬다.

내 마른 수건으로 젖은 몸을 닦아 주었다.

젖은 수건 마른 수건도

분간치 못하던 아이가 이제는 방긋 웃으며

"언니 우리 목욕 같이할까요?"

"제 샴푸 향기 좋은데 쓰세요."

"언니 껀 어떤 냄새 나요?"

그러게 나도 한 번 써 보고 싶다.

그대를 낫게 했을 비누였을 것 같아.

좋은 향 내음이 날 꺼야.

입가에 희미하게 미소가 지나간다.

향 좋은 비누 좀 써서

얼른 몸이 정신을 차린다면야

하루 온종일을 푹푹 짜

거품 만들어 씻기겠다.

더러 아이의 등을 종종 문질러 주며

내 등을 토닥이듯 한다.

나도 좀 씻겨 줘…

그 누구라도 와서.

* 아프면 아픈 사람들이 모이는 곳에 간다.

가면

어디쯤에서 나는 착했을까?

누구에게 가서 우는 사람이었을까?

눈덩이 가려운 곳을 눌러 쓸어가며

볼테기를 진정시킨다.

한겨울을 지나는 콧대는

흙가루가 날리듯 말랐고

뻣뻣한 입술은

갈라 터진 마른 들판의 세월이다.

다시 나는

누군가에게로 가서

못 돼먹은 사람이 되고 싶다.

촉촉한 바람이 든다.

얼굴을 벗어야겠다.

* 마스크팩을 하면서.

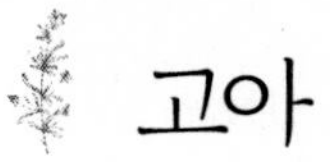

고아

그 연못에는 언제나 내가

신기해하는 것들이 참 많이 살았다.

부레옥잠과 개구리 식구들과

소금쟁이 떼와

거기다가 내가 귀여워하는 물방개까지.

그 연못은 참 희한했었다.

물고기들도 이름이 없었고

연못에 놀러 오는 아이들도

이름이 없었다.

그래서 내가 그들에게

이름을 따로 지어 주기로 했었다.

그러고 싶었다.

그들은 이름을 마음에 들어 하지 않거나

슬퍼하지 않았다.

나는 연못의 주인으로서

그들을 잘 돌보았다.

자연은 가끔 내게 상을 내려 주었다.

연꽃을 피워 놓기도 하고

거북이를 엉금거리며 물 밖으로

걸어 나오게도 했다.

그들과 수많은 약속을 하며

훗날 또 만나기를 기약했다.

어느 날 연못에 물이 마르기 시작했다.

비가 오지 않았다.

너무 마른 땅이 되어 못 쓰겠다고

할아버지는 연못가를 밭으로 만드셨다.

수많은 채소와 과일들이 이번에는 열렸다.

그래도 나는 연못이 그리웠다.

나중에 나는 내가 연못을 팔 것을

약속하고 연못을 떠났다.

지금 나는 연못을 못 찾고 있다.

손도 못 대게 독하게 자랐구나.

거북이를 기다릴 뿐이다.

* 다 커서 어른이 되면 모두들 고아가 되어 이슬 적시며 산다.

오늘의 운세

마땅히 할 일도 없는 날.

그 누구도 찾아오지 않는 날.

자글자글한 입가 주름을 달래다가

새파란 하늘을 올려다본다.

오늘 일기예보는

똑똑하고 생기있는

물방울을 잊지 않고

땅에 튕기기로 되어 있다.

아직 더 기다려야 하는지

감감무소식이다.

하기사 하늘의 뜻이 그럴 경우

그럴 수 있을 것이다.

대파들이 밭에 가득 심어져 있다.

줄 지어선 모양들이 세차 보였다.

깻잎들은 널찍한 이파리들을 포개어서

하늘거리며 허리춤을 추었다.

나락이 척척 베어져 나가서

상처투성이이던 논바닥은

채 물이 빠지지 않아

물렁한 초상으로 누워 있었다.

먼데 구름 사이로

바람이 새어들고 있다.

무심한 세상은 욕심을 못 채우고

몸부림치며 궁핍하다.

* 더러 일기예보가 빗나가기도 한다.

혼신의 청춘

집안 내력이라

일찌감치 흰머리가

새싹 돋듯 돋았었다.

족집게로 한 올 한 올 뽑아가며 살다가

어느 순간 이리 뽑아대다가는

머리카락이 남아나질 않을 것 같아

염색을 하기 시작했다.

흰머리가 솟을 때가 되면

근질근질 쑤시고 든다.

머리 꼭대기가 가려워 온다.

그때를 놓칠세라

시원하게 약을 바르면

쫘악

머리 모공 속으로 빨려드는 힘찬 향연.

흰 머리 밑을 파고들며

내 어머니를 만나고

내 할머니를 만나는 날

오랫동안 거울 속으로 들어가서

사진을 찍어 둔다.

노파와 색시가 드나든다.

찰칵.

찰칵.

* 한때 풍성한 시절의 머리카락이 있었다.

공무원

이쪽으로 걸어가도

저쪽으로 돌아봐도

바다는

그 자리에 머물러 있었다.

오는 길에 장군을 만나 인사를 하니

너무나 오랜만이어서

눈물이 다 나려 한다.

힘차게 구령 붙여 충성을 맹세하고 나니

내가 뭐 그리 충성스러운 일을 했나 싶어서

잠시 창피했다.

여전히 아직도 그 자리에

꼿꼿하게 허리 세우고 서서

이 나라를 걱정하느라

두 눈 부릅뜬 매서운 눈매에 기가 꺾인다.

우락부락 내려다보는 내내

이 여린 땅을 돌보느라

한 번 앉지도 못하고

다리는 퉁퉁 붓고 주름은 깊다.

한밤 스포트라이트 받으며

이 조국 굽어보시는데

문득 내가 할 일이라고 해 봐야

한산섬 달 밝은 밤에 수루에 홀로 앉아

큰 칼 옆에 차고 깊은 시름 하는 차에

어디서 일성호가는 남의 애를 끊나니…

장군 옆에 붙어 앉아서 이런 거나

주절주절 읊어대는 거다.

* 나는 어디를 가나 충무공이 반갑다.

싸리비

휴지통을 비워 주시면서

내 어머니의 안위를 물어 주셨다.

비질을 쉴 새 없이 부리며

내 할머니의 평안을 걱정해 주셨다.

새벽 첫차를 타고 오셨으리라.

어제 하루 내가 흘린

주전부리의 부스러기들을

쓸어 모으고 닦으며

내 안부까지 물어 주시는 것이었다.

어디서 그 많은 먼지들을

모으고 쓸어 나오는지

복도에 스산함이

한 그득 모여 펄럭인다.

그 뒤에서 청소하는 법을 배운 나는

꼭 집에 돌아가서

그리해 볼 것을 생각해 놓는다.

여사께서 돌아가시고 난 후

나는 과자 부스러기를

또 흘리고 있었다.

엄마에게 혼이 나면서.

내일 아침의 정경이 미안해진다.

* 아직도 야무지게 청소할 줄을 모른다.

태양

간식을 잔뜩 쌓아 놓고

벗들을 불러 모은다.

벗들이 챙겨 가지고 온

과자들까지 쌓아 놓으니

태산을 이루고도 남음이오.

몸속이 하도 허하니

단맛이 땡기고 빵이 먹고 싶고

콜라와 사이다가 간절하다.

보름날은 사탕을 와작 깨물어 먹고는

부럼을 깼다고 자랑을 했다.

누군가는 정수기의

물을 잔뜩 마시고는

온 몸속을 청소해서

개운하다 했다.

아무리 먹어도
뱃속이 허기로 가득 차 있다는 청년은
이럴 게 아니라 밥도
머슴 밥으로 먹어야겠다고 했다.
나도 그런지도 모르겠다.

점심을 먹고 난 후
나는 비타민 D를 모두들 몰래
짱하게 챙겨 먹고 있었다.
의리 없이.

* 병동에 햇빛이 잘 들었다.

가수

찰랑찰랑.

술 한 잔을 그득 담고서

새우깡 한 조각 물어가매

열창에 애창이다.

여기서 술은

정수기에서 받은 물이고

맥주다.

새우깡은 안주다.

일주일에 몇 번 노래방을 연다.

다들 열정적으로 모이지는 않는다.

입을 닫고

살고 싶어 하는 자들이 많아서

늘 노래는 부르던 사람들이

자주 부른다.

오래되어서 낡은 기기를 부여잡고

마이크에 온몸으로

소리를 쳐 뱉어 보지만 체한 그가

애절하게 들리기는 애저녁에 글렀다.

천장 높이 미라클이

예쁘게 돌아가고

나도 그 아래서

가느다란 노래를 부르며

온몸이 부끄러워

빨개지는 절정을 넘긴다.

* 입원한 병동 프로그램 중에 노래방 시간이 있다.

고백

일요일이면 예배를 올린다.

법도에 어긋나지 않도록

예배를 올리던 옛 시절처럼

사람들은 정성을 다해서

두 손을 모은다.

절을 하지는 않으니

어찌 보면 예배는 아닐 수도 있겠다.

저마다의

아픔과 고민과 고통과 애수를

하늘에다 대고 중얼거린다.

배운 적도 없는 찬송가는

언젠가 이미 터득하여

알고 있다는 듯

입에서 자연스럽게 터지고.

목사의 설교는

이치에 들어맞는 듯

맞장구치게 되어

격정의 고개를 넘나들 때

나도 모르게 간절히 새어 나오는

아멘.

하느님 오늘은 당신과 나 사이

누가 누가 더 아플까요?

오늘도 아프지 않게 해주세요.

아멘.

* 마음씨 좋은 목사님은
일요일마다 병동으로 교회를 옮겨 오신 듯.

커피

수많은 찻잔들을

여기저기 굴러다니게 했다.

너무도 좋아한다는 이유만으로.

그래서 내가 아팠다고?

차를 마신 것밖에 없는데

너무 많이 마셔서 그렇단다.

따뜻하고 찬 것을 가리지 않았고

달고 쓰고 떫은 것을 개의치 않았다.

어느 밤

잠이 오지 않았던 것이다.

다음날도

잠이 찾아오지 않았으며

그다음 날에도

두 눈을 반짝이고

새벽을 보내고 있었다.

그다음 날도

얼마나 정신이 말똥한지

그냥 잠자지 않고도 살아갈 것 같아

잠드는 일을

별로 중히 여기지 않았다.

나는 나에게 유린당해

해결책을 강구해 냈다.

다행히 알맞은 곳으로

피신해 왔다.

차 한 잔을 만났던 적이 언제였을까?

너무나 마시고 싶어서

그냥 잤다.

잠만 자고 자고 했더니

어느 날 드디어

차 한 잔이 내 앞에 놓인다.

차는 정해진 시간에

마실 수 있다고 했고

차가 나오지 않는 날에는

나는 줄기차게 잠만 잤다.

* 우리가 언제부터 커피를 시간 따져가면서 마셨다고…

누룽지

풍년이었다.

우두두둑 씹는 내내

단맛이 우려져 나오는 것이

꼭 엄마가

입속에 넣었다가

먹여 줬던 흰죽 같았다.

이가 나가라

씹어 먹었더니

아구가 다 얼얼하다.

* 밥 눌려서 더러 누룽지 끓여 먹는다.

탁구

똑 딱.

똑 딱.

제 갈 길을 잘 찾아가다가도

길을 잃어버리는.

시원하게 잘 돌다가

어느 순간 퀭하고

구석진 자리에 꼭꼭 숨어서

나오지도 않는.

틀어박혀서는 끙끙 애가 타게

꿈쩍도 없이 있다가

겨우 찾아낸 사람

기진맥진하게 만들어 놓고

또 똑딱대며 경쾌한 춤을 추는.

저토록 깃털 같아

어디로 튈지도 모르고

슬플지 기쁠 건지 아픈지도 모르고

철없이 나대며 곡예를 하는 것이

꼭 나 같아서 열정적으로

하늘과 땅을 왔다 갔다

정신줄 놓을 때는 나라도

게임에 끼어들어

이마를 매만지고 싶다.

어느 누구도

그 하나를 잡지 못해

이러지도 저러지도 못하는

쓰러지고 어지러운 이 오후에

그물망에라도 걸리게 해서

당장 그를 구속하고 싶다.

* 탁구공, 어디까지 튀어 봤을까?

아파트

하늘 아래 쭉 뻗은

끝도 없는 탄탄대로.

하늘을 치솟은 마천루.

그 사이를 날아다니는

까치 한 마리.

나뭇가지를 물고 날아드는 것이

필시 제집을 짓는 모양인데

큰 나무에 다다라선 안절부절이다.

이 집을 보아도 아닌지

저 집으로 가보고

저 집에 가서는

옆집을 보고 섰고

저러다가 나뭇가지 놓치는 거

아닐까 몰라.

그 모습 가만히 위에서 지켜보니

우리네 사람들도

똑같은 집 따박따박

지어 붙여 놓았는데

아니 헤매이고 제집 찾아 드는 게

여간 신기한 것이 아니네.

내 집 앞 빈 나무 둥우리

하나 비었다고

까치께 귀띔해 둬야겠네.

나도 그 까치집 보고

집 찾아 돌아오곤 할 테니.

하루 종일 흐리다.

* 까치 떼가 하늘가로 점을 찍고 날아간다.

러닝머신

어디까지 가야 할 것인가?

어디를 향해 가냐고 물으니

저기 지나가는 지하철을

이제 막 탔노라고

답을 부친다.

지하철을 타고 가면

너무 빨라서

재미없을 것이라고 했더니

그럼 서는 역마다 내렸다가

역에서 거꾸로 돌아올 수도 있다고

다시 답을 부친다.

전철이 몇 대째

멀리서 착측거리며

여러 번 지나가는 소리를 냈다.

나도 탑승해서

어디든 가야 한다고

그곳에서

무슨 생각에든 들어야 한다고

보채는 속을 달래며

무임승차한다.

* 달리고 싶다면.

어떤 길

동그라미를

그냥 공 모양이나

수박 같다고 해서는 안 된다.

세모를

피라미드 같다거나

삼각 모양 자라고

설명해서는 안 되며.

네모를

떡 모양이나

딱지 모양 같다고

우겨서도 안 된다.

동그라미 안에

세모 안에

네모 안에

꼭 나를 집어넣어서

그가 못 알아듣게

나만 알게

대답해 줘야 통과한다.

그것이야말로

그 굴을 파고 나오는

가장 빠른 길이다.

* 심리검사를 하며.

새우깡

깊은 밤에도

길은 이어지고 있었다.

밤길을 더듬으며

내 고향으로 간다.

배고픈 사람과 자동차는

빈속을 벌려 빈곤하고

달도 더 이상 나를

따라오지 않았다.

헤어져 멀어져 간 사람을 따라갔다.

고향으로 돌아가는 길에는 들러서

아는 척해도 될 곳들이 많았다.

다들 나를 반겨주는 곳들이었다.

떡집에서 모락거리며 김이 빠지고 있었다.

김 뒤에 숨었다가 김빠져

봉이 아줌마 놀래켜 드리는 일은

어릴 때부터 재밌었다.

뒷집 양산댁 할매

도라지 고사리 다발은

오늘은 내가 다 샀다.

그도 허하여

먼 산 팔고 앉아 있었다.

글자든 언어든 무엇이든

문맹인 자들이 살고 있는 곳이

어딘지 궁금해졌다.

작은 암자로 들어

몸을 접고 기도를 해 보는.

천지가 출렁거리고 고요해졌다.

* 입이 심심해서 새우깡 한 봉투 깠다.

방랑자

작은 시골길을 달리다가

산속에 혹 쌓인

몇 채의 집들이 전부인

작은 마을을 웅크리고 앉아 본다.

아무래도 산은 마을을 안고

전설을 낳고 있나 보다.

개미 떼들처럼 줄지어

길 위를 달리는 자동차들이

간간히 마을을 비춘다.

어디를 다녀가든

어디까지 떠나가 있든

돌아가는 길은 언제나

노을이 환장해서

멋지게 지는 저녁때쯤이다.

하여 서러움이여.

* 늦가을은 어찌 그리 쓸쓸할까?

밤나무

새벽이 졸린 눈을 부비며

동산에 해를 걸어 두고 있다.

그 새벽하늘 아래로

소녀가 물을 길어 걸어간다.

기가 막히게 머리를 푼 겨울 새벽.

산에선 나목들을

단속할 리 만무하리라.

어젯밤 졸며 떠났던 마지막 버스가

늙은 나무집에서 더 이상 머물지 않을

인류를 태우고 나왔다.

그때 바람은 무심하게 생각도 없이

아무렇게나 불어 댔다.

이리저리 노래를 뒤져서 틀고 있다.

손을 풀어버리고 달려온 탓에

내가 섰고 사람들이 모인 마당으로 들어와

한 곡조 뽑는다.

꺾어 넘기는 대목에서

천성을 타고난 내 목청이 가수를 울린다.

추한 춤을 추며 자리를 틀고 들었던

여왕 몰래 푸른 가시를 세우고

다시 익어갈 다짐을 하는

해골에게 붙어살기로 작정했다.

* 알밤 속의 애벌레를 들여다보다.

탯줄

늦은 가을 저녁의 노을을

나는 무척이나 싫어했다.

마을 들판에서 보던 노을은

울적하고 쓸쓸하고 아프고 차가웠다.

그래서 나는 멋스러운

이 가을의 해거름 녘 냄새를

지금에 와서야 좋아한다.

멀리 달아나는 버스들도

이 마을 저 마을로 흩어져

이별을 흔들고

저녁 구름 사이로 숨어 버리는 해처럼

내 시야에서 희미해져 사라지곤 했다.

멀리 불빛을 내며

집으로 돌아가는 사람들

모든 걸 싣고 달리는

자동차를 보는 일도 괴로웠다.

나는 사람들을 바라보며

멍하게 서서

집에 돌아가는 것을 거부하고 있었다.

느리게 떠나가는 버스들과

차량들도 쓸쓸했다.

내 고향은 내가 싫어한다는

이유로 아직도 아프다.

그래도 오늘 나는

고향 가는 버스를 기다리고 있다.

* 고향은 어머니다.

자장가

깊은 밤에 자다가 말고

일어나 앉아 창문을 연다.

안개도 자욱하고

멀리 몇 채의 불 켜진 집들은

희미한 눈동자를 풀고 있다.

캄캄해서 숨이 막히는 숲은

밤마다 조용한 잠을 잔다.

이리저리 둘러보며

여기저기 소리 귀 기울여 들으며

그리 앉아서

이불 사그락대는 소리만 내며

다시 졸려 오기를

넋 놓고 기다리고 있었다.

잠을 불러올수록 정신은

말짱해져 가고

날은 밝아오고

밤은 멀리로 도망가고

나는 아직도

늦게까지 서성이며

새벽바람을 배웅하지 않는다.

* 세상은 잠들고 나는 깨어 있고.

포옹

혼자서 조용하고 고독하고

쓸쓸한 시간을

애써 만들어 놓는다.

무에 그리 만든 시간 안에서

할 일이 많겠냐마는

독서며 사색이며

밀린 생각들이 즐비하여

그 안으로 파고들어 앉으면

그것들은 각각의 무게를 재고

필요한 만큼 내 머릿속에서

축제를 연다.

소중하다.

아름답다.

산책하다가 길가에 겨울을 이기고 선

개나리 떼를 발견하고

살포시 웃는 나를 안다.

쿠키를 선물 받고 너무 고마워서

딸아이들에게

편지를 쓰고 있는 나를 본다.

강가에서 물새 떼들이 낚시를 하매

먹이를 잡아먹는 모습을 보고

멀리 노을이 금방 질 거란 것을

짐작하고 서쪽을 응시한다.

나는 이런 일들이

가슴 떨리는 것이다.

* 더러 꽉 안아 주고 싶은 일들이 있다.

소녀의 기도

아침부터 하도 속이 시끄러워
바느질거리를 내놓고 앉았다.
굴곡진 겹겹이 쳐들어온 세월을 내쫓지 않고
얼굴 가득 주름을 그리고 살았던
그 땅을 나는 훼손하려 들었다.

눈이 침침해 바늘귀에 실도 이젠 못 끼우는.
지금도 먼 데로 시집가기 위해
나는 아주 긴 실을 꿴다.
바늘땀을 훔치며
손가락을 몇 번이나 찔렀는지 모른다.
필시 찔린 게 아니라 찌른 것이다.

맨발인 청춘들을 뒷골목에서 구하고
링컨 차를 팔아 치워
물동이 소녀들을 거친 폭풍우 속에서 건졌다.
잿빛 집 모퉁이에는 햇빛이 든다.

찬란한 사치를 즐길 줄 모르는 늙은 여자는
신이 지겨워한다는 기도를 부르며
오늘도 묵주를 굴린다.

여자의 집이 다 지어지고 있었다.
실밥의 매듭을 지으며
그만 바늘에서 동맥을 끊어 냈다.
부활하리라.

쓸쓸한 자의 싸구려 기도가
가슴을 파고들어 감히 행복하다.
폐품 더미 속에 숨어들어 떠드는
가소로운 고해가 까딱하면
소명을 다하지 못했던 우주로 돌아오리라.

얼빠진 자들이
중대한 일을 제치고 구걸에 나섰다.

* 한가로운 오후, 테레사를 그리워하다.

메아리

소문난 삼겹살집에서

벗과 마주하고 앉아서

소주잔을 몇 잔째인지도 모르게

몇 병의 소주병을 비웠는지도 모르게

주거니 받거니 위하여와 건배를 높이 들다 보니

홍건히 취기가 올라 행복해지는데

벗도 슬쩍 따라 웃는다.

가득 채운 술잔을 줄줄이 세워 두고

턱을 괴고 앉아서 만나지도 못할 나를 본다.

별수 없이 내가 먼저 소주잔을 들어

쓸쓸한 한 마디를 건넨다.

귀찮다는 듯 쌀쌀맞은 두 눈을 부릅뜨는.

언제나처럼 우리는 등을 돌리고 헤어졌다.

누가 먼저랄 것도 없이 한 방에 돌아서 버리는.

나는 집에 돌아와 그를 재우고 잠들었다.

* 거울 속의 나를 들여다보며 술 한잔 기울이다.

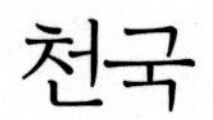

천국

오늘

무얼 했는지도 까먹었다.

내일

무얼 할지도

당장은 생각나지 않는다.

미련한 초상 한 주먹을

통째로 털어 넣어 삼키고

마취를 기다리는 나의 천국.

그 천국에서 오늘 밤도

행복하기를.

멋지게 해롱지기를.

* 수면제를 먹고 잠든 날이었다.

산티아고

생각한다.

멍하니 넋을 빼놓고 앉아서

몇 번이고 생각해 본다.

꿈속을 몇 날밤을 뒤지고 다녔지만

손가락 끝을 따갑게 찌르고 달아나 버린

빈손의 행방을 쫓는다.

오늘도 잡아매지 못한 영혼을

검은 방안에다 뉘여 두고

밤새 눈이 멀어 더듬으며

목놓아 죽어간 꿈을 부르짖던

서슬 퍼런 핏대를 세우던 그 새벽.

안개 그림자를 싹 지운 하늘은

우리가 한 번도 만나지 못했던

눈부신 푸른 태양을 보내 주었다.

모여든 구경꾼 사이로

불쑥 튀어나온 천사는

지독하게 등을 꺾어 움츠리고 굴러다니는

짐승의 손을 몸에서 끄집어내

손톱 밑에서 무수히 자라나

썩어가는 가시를 깎아 주었다.

살아난 여자는

가장 예쁜 표지의 그림책을 챙기고

달콤한 노래를 가방에 개어 넣고

다시는 가방을 열지 않았다.

여자는 신발을 벗어 멀리 던지고

우리의 악수를 거절하고

맨발에 날개를 달고 날아갔다.

딸들이 살고 있는

즐거운 나라를 수소문하며.

* 세월호, 어느 엄마가 딸 곁으로 먼 길을 떠났다.

위대한 유산

눈을 감으면

푸른 하늘을 가로질러 날아다니며

창공을 노닐고

그 감은 눈을 뜨면

세상에 가장 아름다운 것들만

눈 속으로 들어와 영롱하고

콧속으로 쳐들어오는 꽃향기며

마른 낙엽 태우는 소리나

아가 엉덩이 분칠하는 냄새가 찡해 좋고.

입속으로 드나드는

달콤한 먹을 것들의 향연.

입술 위에서 벌어지는 고달픈 블루스.

귀를 열면 아름답고 쓸쓸하고

외로운 노래와 고단하고 애잔하고

속 따가운 세상사들.

답답하여 두 다리를
쭉 뻗은 길 위에 놓아두면
알아서 척척
고독한 발자국을 남기는.

두 손이 심심하여
꾹꾹 눌러쓴 종이책을 꺼내어
밑줄 그은 가슴 파던 언어들을
다시 새하얀 원고지에 옮겨 적어보는
따뜻하고 부지런한 손아귀.
오늘도 나를 데리고 사는 내게 고맙다.

* 나는 어머니를 많이 닮았다.

바리스타를 초대하여

여럿이 모여 앉아 커피를 마신다.

뭐 다른 커피하고 다를 것도 없지만

그래도 모처럼 정해진 시간에 마시는 거다.

좀 특별한 것이 있는 것이다.

K는 향기 맡는 데만 한참 걸리더니

바로 원샷을 해 버리고

H는 노래를 중얼거려가며

조금씩 음미하고

Y는 아직도 커피가 적다고 곱빼기를 외치지만

그가 가지고 있는 것이 전부라는 것을 이내 안다.

O는 가장 조용히 마시는 방법을 택한 것 같이

커피 마시는 시간에는

커피잔을 고요하게 들었다 놨다 한다.

J는 커피를 계속 흔들어서

후후 불고 또 누룽지 숭늉이라도 되는 양

계속 흔들고 마신다.

커피 시간이 여러모로 달달한 건

이들과 마실 수 있어서일 거다.

그래서 나도 어찌 마실 것인지

가끔 골몰한다.

* 병원에 입원해 차 모임을 가진 날.

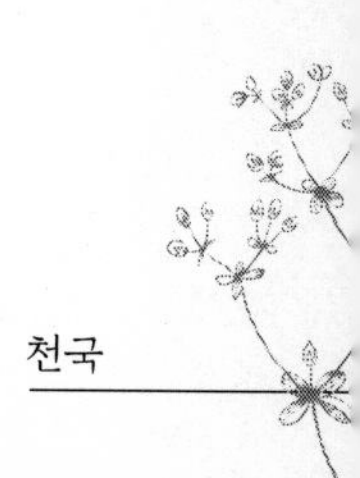

요가

마음을 닦는다고 앉아 있다.

두 눈 감고 두 손 모으며

정갈하게 앉아서

한 번은 3분을

한 번은 10분을

명상에 들었는데

그저 힘만 들 뿐

내 마음은 청량해지지가 않는다.

마땅히 내 몸이 흐르는 대로

나도 흘러가야 하지만

따로따로 흩어지네.

더욱더 두 눈 꾹 감고

마음 참선에 매진하는데

더 갈라져 버리는 심신.

산천초목이

모두 피어나 올라

함께 명상에 들어 주니

더할 나위 없이 자연스러움의

끝자락을 보이네.

스산히 흩어진 마음

곧고 곧은 마음

모두 모이게 해서

세상에 큰절 한 번 올려볼까.

까마귀가 난다.

* 마음 비우고 살아가기가 뜻대로 안 된다.

빨랫줄

출렁출렁

벗어내고

주물러 헹구어

치렁치렁

한 줄씩 엮어서

매달았다.

빠삭빠삭

허무가 마르고

짝 잃은 짚신은

순간 눈앞이 캄캄해

슬피 울어 대고

또 다른 공허가 축축하게

밀고 들어오면

채 빛도 받지 못하고서

날것으로

쫓겨나고 마는.

* 줄줄이 빨래를 널어놓고 바라보며.

목련

목련 아래에 서 보았는가

톡톡한 꽃잎이 유리잔처럼

꽃 잔을 받치고 하늘을 향해

이야기하듯 오므리고

매달려 있는 꽃봉오리

금방이라도 누가 와서

종이라도 되어

꽃이 된 양

종을 치고 앉아 줄 수 있는 꽃

아이들이 손을 모아

한 꽃송이씩 띄어 꺾어

핸드벨을 만들어

노래 부를 듯

금세 힘차게 흔들어질 재롱들

잎사귀도 나지 않아

성질 급히

꽃송이부터 피워 올린

목련을 빤히 들여다보며

어느 시인이

목련은 엄마 젖 되어

자연을 보살핀다는

구절을 떠올린다

* 한없이 고혹한 목련 아래 서서.

우렁각시

들깨밭에 들었다.

톡

톡

톡

깻잎을 따서 치맛단에 담는다.

넘쳐나서 다시 바구니에 담으며

차곡차곡 잰다.

한 소쿠리 딴 깻잎들을

대야에 담가두고

동구 밖에 놀러 갔다 왔다.

아이들은 깡통 차기나

숨바꼭질을 하고 있었다.

찡긋 어슬렁대다 깻잎이 걱정돼

어서 집으로 들어왔다.

깻잎은 맑은 물 똑똑 흐르며
큰 소쿠리에 받혀져 있었다.
남은 물기를 털어 내고
양념장을 만들어
깻잎 한 장씩 쟁여가매 양념 발라
깻잎 김치를 만든다.

한 통을 싸서
뒷집 할매네 대청마루에
살포시 놓고 왔다.
분명 할매 입맛에 맞을 게다.
쌀밥 한 솥 지어
깻잎 척척 걸쳐 먹으면 살찌겠다.

* 뒷집 할매가 무친 나물이 먹고 싶다.

울보

그는 검은 밤만 되면 울었다.

어깨를 들썩이고

수정 같은

큰 눈물방울을 만들어 냈다.

멀리로부터 들어오는

전철을 보고 우는 것도 같고

별이 보이지 않는

하늘을 올려다보며

별이 없다고

우는 것도 같았다.

아주 먼 곳을 바라보면서

저곳의 십자가는

빨갛지 않아서

너무 예쁘다고 말했다.

은빛으로 만들어 세운

십자가였다.

그래서 그도 은빛을 닮은

눈물방울을 떨구고 다니는 걸까.

가는 곳곳마다 하여간

그는 검은 밤에 자주 울었다.

왜 우냐고 물어본 적은 없다.

바보같이 그런 걸

왜 묻느냐고 할까 봐 안 물었다.

그런데 왜 울긴

엄마가 보고픈 게지.

* 내 그리운 나라. 아, 어머니!

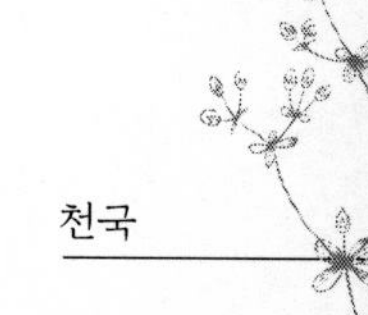

우동

점심을 다 먹고 앉아 있다.

우동이 나왔었다.

오랜만의 특별식이었다.

그에 곁들여 유부초밥까지

맛있는 점심이었다.

점심을 저녁같이

여유 있게 먹고 나니

한결 더 마음이 가볍다.

점심시간이니

어디 카페라도 들러

블랙커피라도 한 잔 한다지만

병이 깊어 여의치 못하다.

커피도 몸이 성치 않아

한 몇 날 기다렸다 먹어야 한다.

고것 몇 날 기다리는 것이

참 힘이 든다.

심신이 지금은 많이 나아서

질서 없는 몸과 마음을 안고

징징대며 울 때보다는 좋다.

내가 나를 잘 다스리는 것.

나를 잘 안아 주는 것.

나를 잘 타이르는 것.

나를 이해하는 것.

나를 잘 알아가는 것.

참 중요한 것 같다.

서풍이 불어온다.

* 점심 식사를 맛있게 마치며.

경사

사람은

나고 드는 것.

나가는 사람이 있으면

언제고

또 드는 사람이 있다 했거늘.

나가는 사람이

좋은 것을 가지고

행복하게 떠나간다면

들어오는 사람도

아무 걱정 없이

두 팔 벌리고

들어올 수 있으리라.

어디나

사람은

나고 드는 것.

나 아무 탈 없이

그러한 인생을 살고 싶네.

* 옆에 입원했던 O가 퇴원했다.

예방접종

날짜를 세어 보니

꽤 병원에 있었다.

아직 한 밤 두 밤

꼽아 보진 않았지만 오래다.

예전에 비해서

나는 어떤 모습으로 치료되었을까.

아주 약간은 낫지 않았을까.

울적해 하지도 않는 것 같고

집중도 잘하는 것 같다.

한 달이 넘는 나날 동안

나에게 붙은

의사만도 여러 명이고

간호사도 여럿이다.

내 안에 있는 나 하나 고쳐서

잘 살아가게 해달라고 빌어보는데

이 일이 어찌 이리도

힘겨운지 모르겠다.

그럼에도 불구하고

오늘 밤에도

나는 힘없이 기도한다.

나 하나

내 곁에 있게 해달라고.

* 입원을 했다. 면역력이 떨어졌나 보다.

신화

여섯 칸째쯤 되는 계단에 걸터앉아

인생이라는 것에 대해 혼자서 생각했다.

다섯 번째 바로 아래는 좀 쉬울 것 같고

일곱 번째 계단 즈음은 좀 어려울 것 같아

여섯 번째 계단에 힘없이 헉하고 앉아서

인생의 고뇌에 빠져 보았다.

너무 어려웠다.

겨우 여섯 계단에 앉았는데도

이리 숨 가쁘고 쓸쓸한데

더 올라갔다간 난리 날 것 같아서

다시 한 칸씩 내려왔다.

내려오다 보니 이건 또

너무 쉬워질까도 걱정이다.

첫째 칸 계단에 가서

철퍼덕 주저앉아 있으면 어떨까.

바보가 아닌 이상

이런 질문은 할 필요가 없다.

누가 뭐라고 해도

첫 번째가 가장 쉬워 보이나

제일 어려운 난관을 오르는

길인지 모를 일이다.

처음부터 올라보고자

난 맨 밑 땅바닥에서

준비를 하고 서 있다.

엄살을 달고 한숨이 차오른다.

* 사람들은 무언가 열심히 계획한다.

포도당

잠이 온다.

그 많은 잠을 자놓고도

이리 잠이 오는 까닭이 무엇일까.

오늘은 자리에 누우니

하늘도 모처럼 파랗게 떠 있다.

지나가는 새는

제 자리에 멈춰서는 날갯짓을

여러 번 푸드덕거리고는 날아갔다.

잠을 잘 때 가만 보면

무슨 일이 일어나거나

상처를 받았거나

아픈 일이 있으면 잤던 것 같다.

그리 숙면을 푹 취하고 나면

마음도 정갈해지고

분명 뭔가가 맑아졌었다.

대낮이어도 자도 좋다.

내 몸속을 자연이

온전하게 만들어준다면

어디든 내 몸을 뉘이리라.

잠자는 숲속의 미녀가 곁에 와서

같이 잠들어도 좋을 꿈을 꾸면서.

* 낮잠이 들어 달달한 꿈을 꾸다.

행복

대명천지에 녹음이 그득하네.

물속에는 비단잉어가

부드러운 춤을 추며

물살에 제 몸을 맡겨서

유유히 떠내려가고

거위는 풀을 뜯어 먹는다.

소녀가 울고 간다.

달래는 이 하나 없는데

느닷없이 울음을 그치고

무언가 타협하러 나서듯

길을 따라서 걸어갔다.

일찍이 포기한 것일까.

인생은 다 그런 거라고

인생은 서럽다고

누구에게 미리 배운 것일까.

참 똑똑하다.

소녀, 오늘처럼

구석진 골목에 가서

때로는 크게도 울어 보라.

인생은 그대처럼

잘 우는 것이다.

* 길을 가다가 울고 서 있는 소녀를 만났다.

소원

길을 간다.

무엇이든 내가 좋아할 수 있는 것을

만나게 해달라고 간절히 바라본다.

사람은 길을 가면서도 사랑을 할 수 있다.

바람을 본다.

지나는 바람결에

내가 사랑할 수 있는 것을 남기고

사라지길 애절하게 원해 본다.

사람은 흔적 없는 추억을 사랑할 수 있다.

강을 건넌다.

물 흘러 떠내려갈 때

그물에 걸려 올라온 것들과 놓친 것들.

사람은 그것들을 아스라이 사랑할 수 있다.

내가 운다.

울 때는 울기만 해야 한다.

나도 몰래 웃음기가 밀려와 달랠 때

나는 늙은 나무에 기대고 노래한다.

사람은 제대로 가진 적 없는

자기 자신들을

너무나 사랑하고 싶어 한다.

* 강가에 나가 앉아 있었다. 물고기가 뛰었다.

결혼

새들은 날고

하늘은 높다.

뉜들 이런 날을

근사하지 않다 할까.

오늘도 그대는 수만 개의 꿈을 꾸러

어디론가 들어간다.

이미 그대는 두어 개의 꿈을 빼먹었다.

그대를 따라 꿈을 따러 든다.

그대는 나를 속이려고 들었을 것이다.

난 달콤히 그대의 꼬드김에 넘어간다.

친구들은 하얀 박수를 치며

화려한 꿈다발을 차지하려

난생처음으로

솔직한 눈망울을 반짝였다.

파 뿌리를 쿡쿡 쑤셔대는 주례사는

아가리를 벌리고 히벌죽거린다.

호쾌한 그대 무릎 꿇고

부모님 앞에 씩씩하게 절 올리고

나는 쾡히 눈물짓는다.

따로 할 일이 없었던 탓이기도 했거니와

형제들이 울자 나도 울었다.

눈물에 전복당한 행복.

그대 일어나

우린 더 큰 꿈을 꾸어야 해.

구멍 난 우리들의 이야기는 땜빵하고

오늘 밤 블루스를 춰야 해.

* 결혼을 하고 산다는 건 참으로 위대하다.

사색

오징어 다리 하나를 뚝 떼서

옆에 앉은 사람에게 건네는 일도

이제는 이상한 일이 되어버린.

시원한 아이스크림을 사서

꼬마에게 전해주는 일도

이해 못 할 일이 되어버린.

떼제베의 기술이 들어오기 전

우리는 천천히 달리는 기차 안에서

정감 넘치는 장면들을 연출했었다.

그리 타고 다녀도 느린 줄을 몰랐다.

역마다 타고 내리고 부둥켜 안고

이별이 아쉬워 손끝을 놓지 못하던.

기차역을 지나며 설핏 지나간 날들이

주마등이 되어 돌아간다.

지금 곁에 앉은 여인에게
향 좋은 커피 한 잔 나누고 싶어
여부를 물으니 손사래를 치신다.

무엇이든 혼자서 해결하고
혼자서 해치우는 일들로 가득 찬 이 세상에서
내가 굳이 끼어들어
추파를 던질 게 무어람.
더구나 그들의 중요한 인생에다 대고.

한눈팔지 말고
스마트폰이나 똑똑하게 배워서
잡념이나 들지 않도록 하기를.
시대가 시대이니만큼.

* KTX를 타며.

선글라스

과일가게에 들러

오렌지 사과 바나나를

바구니에 담는데 도무지 어른거려서

똑바로 세지를 못했다.

세탁소에 들러

옷가지들을 주섬대며

가게 문을 닫고 나오면서

옷 색깔이 맞는지 제대로 확인하지 못했다.

하루 온종일 나를 가두어서

하루 내내 이 일 저 일도 안되던 날.

표독스럽게 양쪽 눈꼬리가 치켜 올라가

이지적 인상을 종일토록 풍기고.

갇힌 나는 즐거웠거나

혹은 불편하여

여느 날의 말간 습관이 절실했으리라.

자주 그의 집에 들어가 꼭꼭 숨는다.

언제든 만들어주는

그의 검푸른 풍경이 마음에 들어

오늘도 콧잔등 치키며 신세 지고 산다.

* 햇빛 쨍한 날, 선글라스를 끼고서.

피아니스트

짧게 바짝 깎은 손톱 밑으로

동그란 노래들이

줄지어 흐른다.

쓰러지는 다섯 손가락

움츠리고 서 있던

검은 고독을 깨운다.

만지고 지나는 핏줄마다

사내는 화려한 일화를 지어낸다.

나체의 기다란 열 개의 열정에

희고 검은 외로움들이 굴복한다.

마지막 한 번쯤

입 맞춰 달라고

가장 큰 신음을 낼 줄 아는

하얀 이빨이

다시 누워 분노한다.

타인들의 숨이

한 번 더 멎는다.

* 음악회에 들러.

월량대표아적심

가진 거라곤 하늘이 내려주는

깐 달걀을 닮았던 동그란 달덩이가

내가 가진 전부였다.

음악이라고 해봐야

풀벌레 비비는 소리와

깊은 밤을 연주하는

부엉이 울음이 고작이었다.

달빛 아래 하얀 공책을 펴두고

내 이름 석 자를 밤새 쓰다가

잠들었던 날들이 수두룩했다.

달밤에 펼쳐두고 볼거리라고 해봐야

낮에 들렀던 도서관에서 눈망울 반짝이며

빌려온 권장 도서 한 권이

그 까만 밤에 달랑 만나는 친구였다.

달이 내려주는 빛으로

책을 보고 시를 짓고 그림을 그리고.

어찌 그리도 유수같이

훌륭히 살았나 몰라.

지금은 온갖 등불이 일렁거리며

그물처럼 엮여져

한밤에도 천지사방이 밝아

해가 질 줄 모르는데.

봇물처럼 잡지들이 줄지어 섰고

어디서든 시를 쓸 수 있다.

여기까지가 달 뜬 오늘 밤

내가 쓴 시다.

오늘도 시 한 편 쓰고 자니 안도다.

* 달빛이 내 마음을 대신합니다
(월량대표아적심: 중국 노래를 인용하다).

다도

이름 모를 새가

시끄러운 듯 노래하는 듯 지저귀며

사람을 흔들어 깨우네.

꽃밭 위를 날아가는 한 마리 새는

결국 꽃잎을 떨구어 놓고 날아가 버리네.

국화차라도 우려내

다시 꽃다발 찬란히 피도록

찻물을 올려야겠네.

국화는 거절하지 못하고

한 그득 노란 꽃잎을 펼치며 다시 피어나

이 아침을 풍만케 하리니.

수도승처럼 꽃받침 두 손에 고이 받치고

마당 한 바퀴 돌고 들어와

가부좌 틀고 앉아 마음 편히 날카로웠던 나를

보살피는 의무를 다하고 싶네.

새들 불러 모아

일생동안 한 번도 해 본 적 없는

모이와 꽃술을 내어주며

입을 다물었네.

나는 멀리 길게 서 있는

갈대밭에 마음 묶어서

꼭대기에 매달아두고 휴식하네.

찻상에는 국화꽃이 피고

나비가 말없이 날아와서

춤추며 놀다 갔네.

* 국화차 마실 때 다시 피어나는 국화가 신비롭다.

황매산

아침저녁으로 꽃이 피는 것이

여러 가지 모양으로 보이는구나.

사람들을 설레게도 하고

꽃 골짜기를 내려올 때는

모두들 환희로 가득 차네.

키 작은 숲을 이룬 꽃밭을 따라서

어린 시절 뛰놀던 버릇을 깨워

깡총대며 나는 맴을 돈다.

꽃 위에서 날아다니는 나비 등에는

문신과 장식이 화려하네.

나비 등에 꽃잎 한 장 진하게

더 그려 넣고 싶구나.

그 옛날 용이 날아와 앉아서

오늘도 돌아갈 생각이 없다는

전설이 내리는 큰 바윗돌까지

온통 붉은 비단으로

산천을 바다처럼 뒤엎은 분홍빛 파도.

누가 저 꽃 무덤에 반하지 않을까.

남쪽으로 지나가던 구름 한 덩이

날개를 접고 고개를 숙여

떨어지는 꽃잎 붙드네.

몸을 간지럽히는 이 찰나의 봄날.

꽃잎 한 바구니 따서

폭신히 베고 한숨 자고 싶네.

구름이 또 흘러가네.

* 황매산 진달래 꽃밭에서 캤다.

성불

가슴을 쓸고 서 있는

고목을 올려다본다.

한 천년쯤 살고 있을까.

아직도 생을 포기하지 않은.

지금도 여름철엔 푸르른 신록을

가을엔 검붉은 이파리를 매달고

겨울에만 죽은 척 모른 척 세상 버리고

아무 이야기도 듣지 않고

동사에 걸려 조용한.

부처께로 돌아 올라가는 길에

밑동 한 번 만져보고

스르르 손끝에 저리는 기운 빠질세라

주머니에 더욱 푹 찔러넣는.

부처 앞에 나아가는 돌계단에서
등을 굽혀 이번엔 고목을 내려다본다.
올봄에는 다시 살아서
새댁같이 실눈 뜨는 새싹 보살필 여력
남아돌 듯하여 기쁘다.

그리한다면야
내 이 길로 부처께 뛰어 들어가
이왕이면 찬란만발한 꽃다발로
무성히 피워 올리도록
두 손 불끈 맞대고 웅얼거려보는
나무아미타불 관세음보살.

* 불국사 가는 길에.

시름

술상은 가난했다.

더 이루 말할 수 없이.

물보다 맑은 소주와

달랑 혼자서

쓰디쓰게 뒹굴고 있는 소주잔.

똥도 따지 않은

멸치 한 줌을

상 위에 널브러지게 부어 놓고

한 마리씩 잡아먹었다.

슬프디 슬퍼서

늘어지는 노랫가락은

소주병이 다 비워질 때

후렴구를 끝내리라.

애달픈 내 속앓이도

발맞춰 멈추어질까.

하늘은 흐리고

새 한 마리도 날지 않는 날.

그대를 생각하노라.

* 벗과 술 한잔 나누고 싶다.

다방

호박을 투닥투닥 썰어 놓고는

식빵을 구워내 찢어 먹으면서

된장국보다는

커피를 마셔야겠다는 생각을 했다.

달고 쓴 커피잔을 들었다 놨다 하며

연신 오늘 아침 커피를 택한 것에

칭찬을 아끼지 않는다.

화단에 심어 놓은 토마토를

따러 가면서도 커피잔과 동행했다.

고추가 빠알갛게 곧 익을 것이라는

저만치 사는 아낙네의

채소밭이 탐이 났다.

빨간 토마토만 얼른 따서

나는 집에 들어왔다.

커피가 모자라 졸음이 쏟아질 판국이라

얼른 들어온 것이다.

커피를 한 잔 더 만들면서

어제 서점에서 뒤적였던

커피집들이 소개된 책이 떠올랐다.

난생처음으로 '커피'를 검색해서

예쁜 커피잔이 나오고

커피 그림을 구경했다.

그리고 한 번도 가본 적 없는

내 커피 방을 만들어야 했다.

아무도 모르는 곳에다가.

순간 마음이 따뜻해지고

피로가 풀린다.

* 집에다가 카페를 흉내 내놓고.

치장

아침 설거지를 마치면서

고무장갑 벗기가 싫어

집안을 휙 한 바퀴 돌아보고는

청소를 해둘 생각을 했다.

구석구석 쑤시고 드니

먼지가 폴폴 나고

정리되지 않은 물건들이

삐뚤어지게 서 있다가 쏟아져 나온다.

아무리 치워도 티가 나지 않는 게

집안일이라고 했던가.

싹 치워도 시원해 보이질 않는다.

을씨년스러운 날

내 심신을 싹싹 쓸고 치워도

생색을 내지 못하는 꼴 같았다.

깨끗이 말끔해진 내 저 속 깊은 곳

한번 보겠단 것뿐인데.

선반 위에 툭 걸쳐 놓은

고무장갑에서 물기가 떨어진다.

나는 웃음기 흘리며

당분간 청소하지 않을 것을 선언했다.

그 까닭은 내가 너무 욕심을 낸 것이

들통났기 때문이다.

한동안 내 폐에 먼지가 끼겠다.

그래도 가쁜 숨 몰아쉬며 살아갈 테야.

* 가끔 느닷없이 대청소를 해댄다.

액자

아직도 다 자라지 않은 아이는

엄마 아빠를 찾는다.

아직도 못 다 놀았던 아이는

매미를 잡으러 다니고

장수풍뎅이를 찾아다닌다.

아직도 친구 집에 가서 놀다가

집에 돌아오지 않은 아이는

친구와 소꿉놀이 중이다.

내가 아이를 어디론가

자주 놀러 보냈었다.

나는 필름을 자주 갈아 끼웠고

카메라 셔터를 자꾸 눌렀다.

앨범 속에서 뛰어놀던 아이는

서운한 척 눈을 흘기며

투정을 부리길래 꺼내어

커다란 네모난 세상에 넣어 주었다.

아이는 높이 만세를 부르며

자라나기 시작했다.

나는 오늘도 희망을 찍어

그림을 건다.

* 액자에 아이 사진을 넣으며.

휴식

밝아온 아침과

늘어지는 음악과

식어가는 커피와.

오늘도 어제처럼

흙먼지 나는 산 아래까지 올라온

포크레인과 삽질 소리가

하루 종일 리듬을 타며 땅을 뚫고.

동네에 우뚝 솟을

그날의 꿈을 부풀리고.

낙원이 지어 올려질 때까지는

결핍을 감당해야 하는.

황량한 시절을 넘어

풍성해질 행복을 안고

시멘트로 바른 욕망 속으로 입주할.

빈 땅 한복판에 서서

내가 사는 오래된 집을 응시한다.

나도 새집 지어 달게 살까나.

푸른 땅에 매달려 고찰한다.

* 새로 들어오는 아파트 단지를 바라보며.

입하

음력 유월에 들어서니

어김없이 여름답네.

부채질을 하다

선풍기로도 어림 턱도 없어서

드디어 에어컨을 틀었네.

희한한 것이 그리해 두고도

이상하리만치 더운 기가 가시질 않네.

펄펄 뛰어가면서

왜 이리 더운 거냐고 허공에다 대고

손부채질을 해대네.

가만가만히 앉았으면

물론 시원해질 것이네

주문을 걸어보지만

내가 어디 귀양 와서
할 일 없이 앉아 있는 것도 아니고.
하기사 귀양살이 왔다 치고
넋 놓고 먼 하늘 바라보는 것도
피서의 방법일지니.

나라님께 한 꾸중 들어 벌 받아
유배지로 떠난 옛 선현들은
서책을 한 수레씩 끌어다 놓고
책을 읽었다 하네.
대소신료들의 작품들이
유배지에서 지어졌다는
일화들은 유명하다네.

나도 방 가득 책 쌓아두고 보며
설렁설렁 필사나 하면서
오이나 질겅대고 씹어 먹으면

한여름 달콤히 잘 날 텐데.

머릿속이 서늘해지고

몸에 오한이 드네.

* 이젠 너무나 더운 한국의 여름.

설경

겸재께서

다녀가셨다.

단원이 사시고

표암 선생께서 계신 곳.

이 아침

선생들은

가장 아끼는 붓을 들고

세상을 향해

붓을 치기 시작했다.

하얀 먹이

천지사방에서

찰방찰방

흘러넘친다.

* 새하얗게 소복이 눈이 내린 아침이었다.

농자천하지대본

큰 소가

마른 논에 나가서

쟁기질을 해 놓으면

할배가 물을 그득 담아서

모를 낼 자리를 보시네.

볍씨 뿌려

애기 모들 송송 키워내

일 년 풍년 기원하며

알차게 촘촘히 자라도록 돌보시고.

딸기 우유 함뿍 마신 듯한

봄 내음 온 도시에 번지는 날.

총총총 머리 땋아 내려도 될 만큼

모가 키 큰 날.

폭폭 쪄내서 큰 논에 던져두고.

아이들 우르르 불러 모아

"밥이야!"

소리쳐 노래 불러 모내기를 하며

국수 삶아 내오시는

어머니의 똬리 튼 머리 꼭대기

간질이고 싶네.

* 하늘 아래 농사가 가장 큰 일이다.

타작

어느 집 굴뚝에

모락모락 피어나는

노을 지는 무렵의

밥 짓는 연기를 따라간다.

눌은밥 한 공기 긁어 뭉치실

할머니의 주름진 손등이

마을 어귀에까지 마중을 나오고.

먼 데까지 양 떼를 몰고 간 아이는

해가 지고야 돌아오게 생겼다.

멀리 강가에는

큰 나무 한 그루 우두커니 서서

해가 재어주는

키 크기 놀이를 제 혼자 하고 있고.

냇물은 홀로 흘러서

이미 많은 강물을 모았다.

고추밭에는 익은 고추들을

한 포대씩 딴 농부가

어깨에 지게를 지고 집으로 향하고.

감나무는 까치와 사이좋게 먹을

감 몇 개를 세고 있다.

포도밭에는 끝물이

마지막 설탕을 자랑하고

포도는 다 따냈다.

쪼글거리며 붙어 있던

지상의 마지막 과일들이

굳은 결심을 하고 낙과한다.

* 타작마당에서 해넘이를 하다.

황사

고요한 그러면서도 어지러운.

그 속으로 내던지는

질서 없는 것들의

정신없이 쏟아지는 한마디들.

꼬마들은 빠른 걸음으로

노을을 바라보면서

함께 저물어 가버렸다.

잰걸음으로 달려든

젊음의 거리.

가장 좋은 시절을 바치고 앉아

제일 좋은 구두를 신고

턱을 괴고 이야기한다.

밤하늘은 차고

짙은 안개로 뒤덮여 있다.

가시 같은 불빛들이 아니었다면

이 밤은 한 뼘도 계산되지 못하리라.

헹가래를 치키고 오르는

광란의 손길들.

타인의 말을

겨우 허락해보는 밤중.

비슷비슷한 사람들이

마치 더 이상

거울을 요구하지 않는 듯

서로를 함께 만진다.

멀리 철길로

마지막 전철 들어오고

마른 땅으로

흙비가 내리기 시작했다.

사방에 불이 꺼진다.

* 황사와 미세먼지로 고생하는 우리나라.

워낭

코뚜레를 달아주던 날

내 소는 자유를 뺏겼다.

내가 많이 울었다.

송아지 때 데리고 와서부터

줄곧 내가 데리고 다니며

나와 함께 커 온 송아지는

나와 같이 걷는 걸 좋아했고

한참 걷다가 강가에 내려가

쭈루룩 물 마시는 것을 좋아했다.

풀을 실컷 뜯어 먹고도

뒷집 논 나락을 맛있게 훔쳐 먹다가

내게 들켜 혼나기도 했다.

부른 배를 불뚝대면 내가 쓸어주어

큰 나무 아래 너른 풀밭에서

오수를 즐기기도 했다.

비 오는 날 내 큰 우산 아래서

비를 보는 것을 좋아했고

외로운 날 내가 써주는 시를 사랑했으며

조용한 날 조용히 내가 불러주는 노래들을

잘 들어 주었다.

내가 너무 커 버려서 집을 떠났다

돌아왔을 때는 외양간 지붕이 무너져라

크게 울며 반겨주었다.

내가 집을 많이 비우는 사이

소가 많이 늙어 있었다.

어느 날 오랜만에 집에 왔는데

외양간에서 낯익은 어린 송아지가

음매 거리고 울고 있었다.

나는 눈물을 글썽거렸다.

다음날부터 나는 집을 떠나지 않았다.

우산을 고쳐두고

다시 시를 지어 읊어 주고

송아지를 온 동네에 풀어 놓았다.

* 소녀 시절, 소와 염소 키우기가 취미였다.

삶2

산을 그리고

들을 그리고

강을 그리고

땅을 그리고

다시 물을 그리고

다리를 놓고

집으로 드는 길을 그려 넣고

마당을 그리고

아이들이 뛰어가는 길을 그리고.

선생은 주문이 많다.

다 그려놓고 보니

정말 근사한 우리 동네가 되어 있었다.

선생은 별안간

"앞으로 할 일이 많으시겠어요."

그러면서 다음 사람에게 가서

"꽃이 만발하니 풍성하네요." 하고는

여섯 사람 집을 모두 들러 주었다.

해거름이라

분명 어느 집에선가

밥 짓는 연기가

굴뚝에 흘렀으리라.

* 심리센터에서 미술치료를 받으며.

동지

순간, 마르고 차다.

손이 트고 볼이 빨갛게 언다.

속으로 마구 파고드는 고독은

겨울에게 호통친다.

구석으로 겨울이 가 앉는다.

얼어붙은 시냇가에서

썰매를 타는 아이들.

산꼭대기로 나뭇짐을 묶으러 간

다 큰 사내아이들.

빨랫감을 모아

친구들과 삼삼오오 모일 양으로

빨래터에 나와 앉은 소녀들.

연못에서 빙어를 잡는 소년들은 쓸쓸히 떠든다.

찬 저녁 주린 배를 보듬고 들릴

나그네를 기다리는 주막집은

순대를 찌고 국밥을 만다.

얼큰하게 한잔 곁들일

막걸리 한 잔 받으러 가는 길에

벌써로 해가 서산마루서

깜빡거리는 것을 안다.

저 멀리서 나귀 등 토닥이며

집으로 드는 객을 맞으러

아낙이 설치고 나간다.

막걸리 사발 든 나그네.

오늘 밤 마을의 전설을 듣는다.

* 겨울엔 여름이 보고 싶다.

야경

새벽바람을 맞으며

달려가던 차들이

돌아가는 길도

따사롭지는 않다.

스멀대며 대낮같이 등불을 밝히고

오가는 지하철은

이제 졸아대고 있다.

역에 나와 있는 사람들은

떠나거나 다가오는 이를

보려고 기다린다.

또 멀리에서 씩씩하게 칙칙대며

쏜살같이 역으로 달려들었던

지하철을 배웅한다.

반짝반짝 사탕을 싼

반짝이 포장지처럼

도로가 빛을 내며

모든 것들을 굴러가게 둔다.

기차는 서로 마주하고 만날 때

가장 길다.

안개 속에서는 억지로 별이 빛난다.

불 밝힌 것들의 오색찬란한 행렬 속에서

어젯밤 붓끝으로 내가 그려 넣었던

물감 색깔을 찾아내 본다.

* 마천루가 즐비하다.

기우제

우산을 쓰고 좀 돌아다니고 싶은데

비가 내리질 않는다.

비가 오지 않으니 산에 들에

나무와 풀들이 좀체 자라지 않는다.

굳은 미소의 하늘은

언제 비를 뿌릴지 말이 없다.

그래서 우리는 오늘도 가난하다.

아마 멀리로 비를 찾으러 가는 이도

비가 내리는 땅을 향해

발길을 재촉할 이들도 나타나리라.

현기증이 일어나면 나도 그때 한 번

그들의 틈에 끼어 나설란다.

큰 우산 하나 챙겨 들고

나비처럼 벌처럼

세상에 일궈진 모든 꽃밭에 들어

꽃물을 먹어야 할

꽃들과 풀들과 나무들에게 덤벼들어

젖을 짜 먹이며

나는 비바람에 우산 펴 놓고

머뭇대는 사람들 다 맞아들이리라.

* 가뭄이 들 때는 답답하다.

연필

가끔

시를 쓰겠다고

커피나 차를 만들어다 놓고

홀짝대며 마시기만 할 때가 있다.

두어 잔 그러고 나서도

쓸 만한 시구를 건지는 날은 많지 않다.

머나먼 추억을 찾아서 뒤져보지만

이 빠진 조각만 들쭉 거릴 뿐

온전한 이야기를 짓지 못한다.

낯선 곳을

헤매일 필요가 있다는 것도 이때 안다.

아무도 모르는 데 가서

삽 들고 뭐든지 팍팍 파보아야 한다.

무엇을 건져 올리든 간에

지체 없고 망설임 없이

내 속을 파고들어

나도 모르게 뿌리내리고 살고 있는

내 삶의 계략이 옳은 것인지

따져봐야 한다.

즐겁다.

내 마음 둘 곳 찾아

높다란 산야에 올라

얕은 숨 고르며

괭이질 찰질 생각에 가슴 뛴다.

큰 뿔을 흔들며 염소 떼가 몰려오고

까치는 새집을 짓고

나는 내 잔칫날에 자랑할

시를 짓는다.

* 연필을 깎으며 앉았다.

농부

지붕에 앉은 까마귀를 보네.

나뭇가지에나 앉지

까마귀가 지붕에 앉은 것을 보고

퍽이나 날갯죽지가 아팠나 보다 하고

생각해 보았다네.

복숭아밭에 들러

복숭아라도 맛나게 따 먹었나

입맛 다시는 게

나물이라도 무치고 싶게 하네.

짝 찾아오지 못하는 한 마리 새

하늘 높은 데까지

내 마음 보내어 보아도 안 보이네.

이도 저도 다 내려놓고

들에 나가 논을 살피네.

제법 초록이 짙어

듬성대며 피들도 자라나

거름을 먹는지라 논에 들어 피를 뽑네.

나락 잎사귀 사이를 지나며

아침에 내린 떠나지 못한

남은 이슬을 옷에 묻히네.

물방울 햇빛에 반짝이네.

고무신 끌며 삿갓 머리에 얹고

논두렁에 나서시는 조부의 뒤를

까마귀 한 쌍이 따라서 날아오네.

이슬 따 먹으며

입가 적시고 날아가시길.

까마귀 날자, 바람 부네.

* 너무나 푸른 여름 들녘.

일출

아침에 늦게 일어났다.

내 고향은 해가 지면

모든 것들이 사라진다.

날이 밝을 때까지

꽁꽁 숨어서 자도 된다.

여명이 밝아오면

어둠은 환하게 다 뱉어놓고

낮 동안 멀리 떠났다가 다시 밤에 온다.

잠을 깨우며 들판 너머

눈에 익은 마을을 본다.

아파트들이 하늘 높은 줄 모르고

쑥쑥 커 가고 있었다.

새벽, 불빛도 없는 시골길을

차량들이 쏜살같이 날아간다.

어제도 등불 하나 달지 않은 사람들이

일찍 집으로 돌아갔다.

더 짙은 어둠이 걸리고

건넛마을에는 가로등이 수없이 늘어져

몸에 심지를 댕기고.

나는 또 푹신한 베개를 찾아 뺐다.

쓰러져 마음 편하게 울면서

게을러져도 좋다.

잠시 후에 일어나서 또 어차피

줄기차게 끝없이 그리고 질기게

인생이 다할 때까지

속 태우며 살 것 아닌가.

* 시골은 밤이 일찍 찾아온다.

마리아 마리아

사하라 사막보다도 더 넓고 우주보다도 더 광활한 마음을 가지신 어머니.

세상에 새벽이 밝아오고 있습니다.

모두들 이리 받아든 고운 아침이 아름답고 찬란하도록 돌보소서.

우리가 걸어가는 길에 해로움이 되는 것을 치워주시고

좋은 길로만 걸을 수 있도록 우리를 인도해 주소서.

이 밝아오는 여명에 누군가 방구석에 앉아서 울고 있다면

그를 일으켜 당신의 품으로 데리고 드소서.

그가 아마도 앞으로 잘 살아가게 될지니.

아이들이 자라나서 어른이 된다고 하지요?

그 아이 때의 마음을 잃지 않고 그대로 커갈 수 있도록 우리를 지켜주소서.

뒷골목에서 외로이 삶과 고군분투하는 사람들을 건질 수 있도록 보살피소서.

우리가 이미 배부르다 하여 굶주리는 이들을 외면하지 않도록

밝은 눈을 주시고 넘어지고 쓰러져 울고 있는 아이를 일으켜 무릎에 난 상처를 달래줄 수 있는 용기를 우리에게 가르쳐 주소서.

그리하여 우리가 환한 빛 안에서 함께 살 수 있는 복을 내려 주소서.

욕심을 버리고 가진 것 하나라도 세상에 꺼내줄 수 있는 넉넉한 마음으로

나누어 가지며 살아갈 수 있도록 말씀해 주소서.

그리하여 내가 사람들과 따스한 안정에 들게 하소서.

여명이 지나가려 합니다.

세상은 아까보다 더 힘차게 흔들리며 제가 있을 자리를 향해 달려갑니다.

힘겨이 사는 이들을 우리가 보살피도록 도와주소서.

우리 주위에 춥고 헐벗은 이들을 미리미리 구할 수 있도록

우리가 그들의 손을 놓치지 않도록 우리를 돌보소서.

온 인류가 가여운 이 시대, 새벽부터 당신을 찾아 불러 봅니다.

우리를 지켜주실 어머니.

오늘도 우리의 기도를 들어주셔서 감사하나이다.

내일도 당신을 찾을 것이니 도망하지 마시고

우리들 곁에서 우리를 키워주소서.

늘 바보들같이 어머니 고생만 시켜드리고 기도만 올릴 줄 알아서 우리는 부끄럽습니다.

우리 곁에 늘 함께해주시는 고마우신 어머니 오늘도 감사합니다.

이만 기도를 마칩니다.

* 때때로 우리는 어머니가 간절하다.